Mouvements littéraires | numéro 6

LE ROMANTISME
OU L'EXALTATION DU MOI

— Un souffle de liberté
sur les lettres françaises

par Monia Ouni

50MINUTES

LE ROMANTISME

- **Quand et où ?** Le romantisme naît en Allemagne et en Angleterre à la fin du XVIIIe siècle avant de s'étendre au reste de l'Europe au début du XIXe siècle. En France, il connaît son apogée entre 1820 et 1848.
- **Contexte ?** Il éclot en pleine période postrévolutionnaire, marquée par l'instabilité politique.
- **Caractéristiques ?** Le romantisme se caractérise avant tout par la mise en avant de la subjectivité de l'écrivain, par l'importance de la nature, par un renouveau formel, ainsi que par l'engagement politique de ses membres.
- **Principaux représentants ?** François-René de Chateaubriand (1768-1848), Alphonse de Lamartine (1790-1869), Alfred de Vigny (1797-1863), Victor Hugo (1802-1885) et Alfred de Musset (1810-1857).

Goethe (1749-1832) a écrit : « Le classicisme, c'est la santé ; le romantisme la maladie. » Et en effet, durant toute la première moitié du XIXe siècle, les écrivains sont rongés par une souffrance nouvelle : le mal du siècle. Conséquence du désenchantement d'une génération entière, le mouvement romantique naît dans un esprit de révolte à l'encontre des Lumières. D'origines allemande et anglaise, c'est pourtant en France, où la Révolution de 1789 a laissé de douloureuses séquelles et nourri d'amères déceptions, qu'il éclate de la manière la plus flamboyante au sein d'une jeunesse généralement d'origine aristocratique. La nouvelle école romantique s'y impose dès 1800 et atteint son apogée entre 1820 et 1848.

Dans tous les arts, le romantisme se traduit par une volonté de rupture vis-à-vis des règles classiques et par un profond besoin de renouveler les thèmes et les formes. Assoiffé de liberté et désireux de s'affranchir des anciens modèles, il balaye tout sur son passage. Mais ce vent d'indépendance, les auteurs romantiques l'insufflent aussi dans la société. Engagés politiquement, ils se font les messagers de la liberté et jouent un rôle prépondérant dans la révolution de 1848, année qui marque également la fin du mouvement.

CONTEXTE

L'HISTOIRE EN MARCHE

Le XIXe siècle français est marqué par l'instabilité politique. La Révolution de 1789, qui a débouché en 1792 sur la chute de la royauté, a initié une longue série de changements de régime. Le siècle s'ouvre tout d'abord avec le pouvoir autocratique de Napoléon Ier (1769-1821), qui se sacre lui-même empereur en 1804. Croyant en la grandeur de la France, il modernise le pays et se lance dans une vaste politique de conquêtes qui lui attire rapidement les foudres de ses voisins européens. Obligé d'abdiquer en 1814 suite à plusieurs coalitions, il parvient néanmoins à reprendre le pouvoir pendant la période dite des Cent-Jours, avant de tirer définitivement sa révérence en 1815. La Restauration redonne ensuite le pouvoir à la royauté, sous la forme d'une monarchie constitutionnelle. Louis XVIII (1755-1824) règne alors sur la France pendant neuf ans, mais les nombreuses mesures anti-libérales, notamment l'abolition de la Charte constitutionnelle, de son successeur, Charles X (1757-1836), provoquent une fois de plus la colère du peuple parisien. En juillet 1830, lors des Trois Glorieuses (les 27, 28 et 29 juillet), on assiste à une nouvelle révolution qui aboutit à la monarchie de Juillet, dirigée par Louis-Philippe Ier (1773-1850). Cependant, les écarts sociaux grandissants gangrènent la société et les émeutes continuent à se multiplier, jusqu'à la révolution de février 1848, suite à laquelle on proclame la IIe République. À sa tête, Louis-Napoléon Bonaparte (1808-1873), qui en devient le président. Mais à nouveau, ce régime est de courte durée : réalisant un coup d'État, Bonaparte instaure en 1852 le Second Empire et est proclamé empereur des Français sous le nom de Napoléon III.

LE BOULEVERSEMENT DE L'ÉCHIQUIER SOCIAL

La Révolution de 1789 a aboli la société d'Ancien Régime basée sur les ordres : l'aristocratie a perdu ses privilèges et le clergé son influence. Dans un contexte où l'ordre social est désormais fondé sur la richesse plutôt que sur la naissance, la bourgeoisie acquiert dès lors de plus en plus de pouvoir, tandis que la noblesse est reléguée au second plan et parfois même contrainte à l'exil. C'est d'ailleurs parmi ces aristocrates déçus par la nouvelle organisation sociale que l'on retrouve bon nombre d'écrivains romantiques.

L'industrialisation de l'Europe renforce encore ce phénomène : partout les usines fleurissent et enrichissent leurs propriétaires, dont certains accumulent des richesses gigantesques. En bas de l'échiquier social, une nouvelle classe voit le jour : le prolétariat. Fuyant les campagnes, la main-d'œuvre se concentre dans les zones industrielles, mais les maladies, la pauvreté ou encore l'insalubrité des logements rendent les conditions de vie des ouvriers particuliè-rement précaires. Ce sont ces inégalités croissantes et la pauvreté dans laquelle une grande frange du peuple est confinée qui donnent lieu aux nombreux mouvements sociaux qui rythment la première moitié du XIX\ :\ siècle. Le peuple en appelle au changement.

LES LUMIÈRES, UNE IMMENSE DÉCEPTION

À la fin du XVIII\ :\ siècle, la philosophie des Lumières, mère de la Révolution, est entachée par les atrocités commises lors de la Terreur (1792-1794), conduite par le révolutionnaire Maximilien de Robespierre (1758-1794) et au cours de laquelle les ennemis de la Révolution ont été arrêtés et exécutés. Les idéaux de liberté et d'égalité semblent bien loin ! De plus, les promesses de 1789 n'ont pas été tenues et les régimes politiques se succèdent sans répondre aux attentes des citoyens. Face à l'instabilité ambiante, l'espérance exaltée d'une génération entière bascule dans le désenchantement. Si Napoléon I\ :\ parvient à stabiliser le pays pour un temps tout en répondant aux rêves d'action et de gloire de la jeune génération, sa chute sonne définitivement le glas de l'enthousiasme qui avait initialement mené à la Révolution.

Les idéaux qui dominaient le XVIII\ :\ siècle semblent désormais suran-nés et la population aspire à d'autres modèles de pensée. Le culte de la raison cède alors le pas au sentiment religieux, auparavant étouffé, et on recherche de nouvelles sources d'inspiration, que ce soit en art ou en littérature. Dans ce dernier domaine plus précisément, le modèle des Lumières s'émaille d'abord de l'intérieur : Jean-Jacques Rousseau (1712-1778), pourtant contemporain du mouvement, s'en écarte sensiblement dans *La Nouvelle Héloise* (1761) et *Les Rêveries du promeneur solitaire* (1782). Ces écrits, qui valorisent le sentiment et l'expression de soi tout en exaltant la nature, dénotent dans le paysage littéraire de l'époque et annoncent déjà les grandes lignes du romantisme.

Aussi, depuis les années 1770 émergent en Allemagne et en Angleterre des modèles et des thèmes littéraires nouveaux, qui se développent dans une volonté « anti-classique » très claire. À la fin du XVIIIe siècle, le *Sturm und Drang* (littéralement « tempête et assaut »), un mouvement à la fois politique et littéraire, rejette explicitement les valeurs véhiculées par les Lumières. Goethe, avec *Les Souffrances du jeune Werther* (1774), apparaît comme son plus illustre représentant. Les thèmes qu'il exploite – mélancolie, exaltation du moi, sentiment d'inadaptation à la société – émeuvent toute la jeunesse allemande. En Angleterre, la littérature suit la même voie, comme l'illustre la poésie de Lord Byron (1788-1824), qui glorifie la nature et exprime la violence des sentiments, en accordant une place prépondérante au sujet et à ses tourments intérieurs. Il s'agit là des précurseurs du romantisme français.

L'HISTOIRE D'UN MOT ET D'UN MOUVEMENT

Le terme *romantique* n'est pas né en France. Emprunté à l'anglais *romantic*, il désigne à l'origine un paysage organisé de manière libre et séduisante, qui frappe l'imagination et mérite d'être peint. Rousseau, dans *Les Rêveries du promeneur solitaire*, l'utilise comme tel : « Les rives du lac de Bienne sont plus romantiques que celles du lac de Genève. » Toutefois, le mot est surtout usité dans le sens de « romanesque », en référence à certains traits des romans de l'époque : invraisemblance, sentimentalisme, nostalgie, fantaisie, mystère... En 1789, le *Dictionnaire de l'Académie française* indique ainsi que l'adjectif *romantique* s'applique à « des lieux et des paysages qui rappellent à l'imagination les descriptions des poèmes et des romans ». Il est alors utilisé par opposition à l'adjectif *classique*. Ainsi, petit à petit, on glisse vers l'effet produit sur la sensibilité. Le nom *romantisme* apparaît quant à lui en 1813, après la publication de l'ouvrage *De l'Allemagne* (1810-1813) de Madame de Staël (1766-1817).

On distingue trois générations d'écrivains romantiques français :

- la première, de 1800 à 1820, voit naître le romantisme suite aux désillusions provoquées par la Révolution. Il s'agit d'aristocrates ayant assisté à l'effondrement de la société d'Ancien Régime et dont certains ont perdu beaucoup de leurs privilèges. C'est Chateaubriand qui, le premier, exprime le malaise ressenti par sa génération dans *René* en 1802 ;
- la deuxième, de 1820 à 1830, revendique la liberté à la fois sur le plan artistique, en rompant avec la tradition classique, et sur le plan politique, allant jusqu'à encourager les révoltes

sociales. Lamartine, Vigny et Musset en sont les plus illustres représentants, Hugo en est le véritable chef de file. Ces écrivains se réunissent dans les salons littéraires autour de Charles Nodier (1780-1844) d'abord, d'Hugo ensuite, afin d'organiser le mouvement. Les manifestes se multiplient alors pour affirmer l'ambition romantique. Renouvelant tous les genres littéraires et parvenant à influencer la politique de son temps, les écrivains romantiques de la deuxième génération sont cependant victimes d'un terrible désenchantement après la révolution de 1830 ;

- enfin, la troisième, de 1830 à 1840, regroupe des écrivains parfois surnommés « petits romantiques ». Elle est représentée par des auteurs comme Gérard de Nerval (1808-1855) et Théophile Gauthier (1811-1872), qui abandonnent les prétentions sociétales pour se cantonner à une révolte artistique.

En 1848, l'instauration du Second Empire marque la fin du romantisme et le passage au réalisme.

LE MAL DU SIÈCLE ET L'AFFIRMATION DU « MOI »

S'inscrivant au cœur d'une époque particulièrement mouvementée, la jeunesse romantique souffre d'un nouveau mal : une sorte de mélancolie historique baptisée « le mal du siècle ». Musset, dans les premières pages de sa *Confession d'un enfant du siècle* (1836), dépeint particulièrement bien ce sentiment qui l'étreint :

> Trois éléments partageaient donc la vie qui s'offrait alors aux jeunes gens : derrière eux un passé à jamais détruit, s'agitant encore sur ses ruines, avec tous les fossiles des siècles de l'absolutisme ; devant eux l'aurore d'un immense horizon, les premières clartés de l'avenir ; et entre ces deux mondes... quelque chose de semblable à l'Océan

qui sépare le vieux continent de la jeune Amérique, je ne sais quoi
de vague et de flottant, une mer houleuse et pleine de naufrages
[...]. (MUSSET (Alfred de), *La Confession d'un enfant du siècle*, Paris,
GF-Flammarion, 2010)

Avec l'impression que les actions héroïques sont passées et que les
aspirations personnelles sont réprimées par la société, les vieilles
ambitions laissent place, dans le cœur des écrivains, au vide et à
l'inquiétude. Les héros romantiques sont torturés, fragiles, insatisfaits et rongés par la mélancolie, à l'image du Werther de Goethe
ou du Stello de Vigny (*Stello ou les Consultations du docteur Noir*,
1832). Ces personnages, peinant à trouver leur place dans la société,
cherchent à échapper à la médiocrité de la vie réelle. Ils se réfugient alors dans la solitude de longues promenades contemplatives,
dans la spiritualité ou encore dans l'amour, considéré à la fois comme
un principe divin de communion avec l'autre et comme une force
d'opposition aux lois sociales.

Parallèlement, le moi est propulsé au premier plan. Les écrivains
affirment leur subjectivité et se recentrent sur eux-mêmes, explo-
rant leur intériorité, leurs sentiments et leurs propres particularités.
Exit la raison, l'universalité, l'objectivité... Le sentiment est érigé
comme valeur.

La nature, perçue comme un refuge, devient un lieu privilégié
d'expérience de soi et du divin. La scène de la promenade en solitaire devient un classique du genre. La communion avec la nature
permet au héros de méditer et d'approfondir sa connaissance de lui-
même. Les paysages sont le miroir de l'âme et, reflets des tourments
intérieurs, les orages et les tempêtes font l'objet de nombreuses
descriptions exaltées. Leur besoin d'évasion amène également
les écrivains romantiques vers l'exotisme et produit de nouveaux

thèmes. La littérature romantique explore alors des contrées inconnues ou dépeint des époques révolues, avec un goût particulier pour le Moyen Âge et ses mystères.

GÉRICAULT (Théodore), *Le Radeau de la Méduse*, 1819, huile sur toile, 491 x 716 cm, Paris, musée du Louvre. Considéré comme le manifeste du romantisme pictural, ce tableau inspiré d'un fait divers représente le naufrage de la *Méduse*, dans une mer déchaînée qui reflète l'intériorité des personnages, seuls et désemparés.

LE LYRISME POÉTIQUE

Tous les genres artistiques sont touchés par la vague romantique et le genre poétique, qui se prête particulièrement bien à l'exaltation du moi, n'est pas en reste. En 1820, *Les Méditations poétiques* de Lamartine réveillent la poésie française et lui donnent un nouveau souffle. Le lyrisme qui colore cette œuvre influence profondément l'ensemble de la littérature romantique et la poésie en particulier : celle-ci devient le lieu privilégié de l'expression des sentiments du poète, qui s'exprime en « je » pour faire part de sa sensibilité exacerbée, de son mal-être et de sa douleur. Les thèmes de la fuite du temps, de la mélancolie, de la tempête, de la nature... sont omniprésents, comme en témoignent déjà les premiers vers du *Lac* de Lamartine :

> Ainsi, toujours poussés vers de nouveaux rivages,
> Dans la nuit éternelle emportés sans retour,
> Ne pourrons-nous jamais sur l'océan des âges
> Jeter l'ancre un seul jour ?
> (Lamartine (Alphonse de), « Le Lac », in *Méditations poétiques*, 1820)

Sur le plan formel, on assiste à la réhabilitation de genres poétiques anciens, tels que la ballade, pendant que Victor Hugo libère la poésie de ses contraintes issues du classicisme : « J'ai disloqué ce grand niais d'alexandrin », déclare-t-il dans *Les Contemplations* (1856).

Le poète se voit en outre affublé d'une mission : se considérant comme un être d'exception, il se fait prophète et se croit destiné à guider le peuple. Sous l'égide d'Hugo, les écrivains romantiques entrent alors en politique ou se placent comme médiateurs entre l'homme et Dieu. Visionnaires, ils sont parfois incompris, voire maudits, en raison de leur inaptitude à se soumettre à la matérialité du monde et aux conventions de la société.

D'autres types d'écrits voient le jour, qui mettent également le « je » à l'honneur : l'autobiographie, les mémoires et le journal intime. Les *Mémoires d'outre-tombe* (1848-1850) de Chateaubriand en sont un exemple parmi d'autres. Aussi des essais critiques passionnés paraissent-ils, au sein desquels des questions sérieuses sont abordées sous l'angle de la subjectivité. Désormais, l'auteur ne cherche plus à disparaître de son texte comme l'exigeait la rigueur scientifique des Lumières. Au contraire, il s'enthousiasme dans une volonté de transmettre ses intimes convictions, à l'instar de Madame de Staël dans *De la littérature* (1800) et *De l'Allemagne* (1814).

LE COMBAT POUR LE THÉÂTRE

Le théâtre devient quant à lui le lieu d'un véritable combat entre les romantiques et les partisans de la tradition classique. Extrêmement codifié, ce genre fait l'objet des plus grandes aspirations romantiques de liberté. En 1827, la préface de *Cromwell* de Victor Hugo, qui expose les principes du drame romantique, est considérée comme le premier véritable manifeste du romantisme en France. Le dramaturge y proclame l'émancipation vis-à-vis des règles classiques et prend ouvertement William Shakespeare (1564-1616), auteur baroque s'il en est, comme modèle. La polémique atteint son comble avec la bataille d'Hernani en 1830, suite aux premières représentations de la pièce *Hernani* de Victor Hugo. Le public, divisé entre adeptes et détracteurs du romantisme, se livre à un véritable affrontement, au sens premier du terme, jusqu'à en venir aux mains !

Parmi les innovations romantiques, citons tout d'abord le dépassement de la stricte dichotomie entre tragédie et comédie. Le mélange des genres devient la première caractéristique du théâtre romantique, qui associe au sein d'une même pièce grotesque et sublime, joie et douleur, laideur et beauté... dans une volonté de fusion des tons et des registres. Le deuxième grand bouleversement réside dans l'abandon de la règle des trois unités. Les changements de lieu, l'étirement du temps et la multiplication des intrigues imposent de nouveaux défis à la mise en scène. La vraisemblance n'est dès lors plus dans l'unité, mais dans le soin apporté aux détails. Les décors sont de plus en plus élaborés, tandis que les personnages et leurs costumes sont de plus en plus travaillés et s'éloignent des archétypes du théâtre classique. Le langage s'écarte également du style auparavant uniformisé pour laisser transparaître la couleur locale au travers d'accents ou de termes choisis en fonction du lieu et de l'époque représentés. Enfin, on privilégie désormais les sujets modernes aux sujets antiques, et l'on n'hésite pas à évoquer les problèmes sociétaux ou à faire référence à la politique. L'histoire nationale est d'ailleurs beaucoup exploitée et les pièces historiques sont légion. Il faut dire qu'elles ont l'avantage d'assouvir le goût nouveau pour l'exotisme et l'histoire tout en permettant une réflexion sur des sujets de société actuels. Vastes fresques historiques, *Lorenzaccio* (1834) de Musset ou *Lucrèce Borgia* (1833) et *Ruy Blas* (1834) d'Hugo en sont d'illustres exemples.

L'ESSOR DU ROMAN

Le roman, genre le moins codifié, était jusque-là délaissé pour son manque de rigueur. Mais les romantiques, avec leur goût pour la liberté, y voient un vaste terrain d'expression permettant de dépeindre la société tout en réservant une large place à l'individu. Ainsi, c'est dans ce genre que la nouvelle école romantique laissera sa marque la plus éclatante.

On trouve plusieurs types de romans « romantiques ». Dans le roman personnel tout d'abord, l'accent est mis sur l'individu, dont le caractère est dépeint avec un grand réalisme. Le récit, aux teintes mélancoliques, s'articule généralement autour d'un personnage central dans lequel on peut souvent reconnaître l'auteur. Comme c'est le cas dans *Les Souffrances du jeune Werther*, un des premiers romans personnels, le héros s'épanche longuement sur ses sentiments et ses tourments, racontant son mal-être et sa difficulté à s'insérer dans le monde. Digne représentant du genre, *La Confession d'un enfant du siècle* est un récit en « je » dans lequel le héros exprime, suite à la trahison d'une femme, une haine de soi et un cynisme à la limite du nihilisme.

Le roman de société entend quant à lui livrer une vision du monde, une lecture du réel, au moyen de vastes tableaux. Les romanciers proposent en quelque sorte des remèdes aux problèmes sociétaux en répandant de nouvelles valeurs morales ou politiques, comme c'est le cas dans *Les Misérables* (1862) de Victor Hugo. Mais c'est le roman historique, sous l'influence de l'Écossais Walter Scott (1771-1832) et favorisé par le désir d'évasion des écrivains, qui remporte le plus de succès et donne lieu à la production la plus abondante entre 1815 et 1830. *Ivanhoé* (1819), dans lequel l'histoire n'est plus uniquement le cadre d'une intrigue, mais constitue le centre du récit, devient le modèle des romantiques français. Les exemples de romans historiques sont nombreux : dans *Cinq-Mars* (1826) d'Alfred de Vigny, la trame se déroule sous le règne de Louis XIII (1601-1643) ; *Les Chouans* (1829) d'Honoré de Balzac (1799-1850) racontent l'insurrection de 1793 lors de la Terreur ; *Notre-Dame de Paris* (1831-1832) de Victor Hugo offre une peinture du Paris moyenâgeux ; *Les Trois Mousquetaires* (1844) d'Alexandre Dumas (1802-1870) se fondent sur une anecdote historique à laquelle il donne davantage d'ampleur pour divertir le lecteur, etc.

De manière générale, la littérature romantique témoigne d'un goût profond pour les situations et les personnages exceptionnels, qu'ils soient historiques, légendaires ou fictionnels.

CHATEAUBRIAND, LE PRÉCURSEUR

Dernier-né d'une famille aristocratique, François-René de Chateaubriand vient au monde en 1768, lors d'une nuit de tempête au cours de laquelle, selon ses propres mots, sa mère lui « infligea la vie ». Les paysages mystérieux de Saint-Malo et de Combourg qui jalonnent son enfance alimentent sa nature rêveuse et sensible. Entre un père froid et une mère mélancolique, il développe une personnalité troublée entre exaltation et tristesse sans cause.

Malgré une âme d'artiste et une véritable vocation poétique, il s'installe à Paris pour devenir officier à l'âge de 17 ans. Il y fréquente tout de même les salons littéraires, où il se nourrit notamment des écrits de Rousseau. C'est à cette époque qu'il perd sa foi religieuse. Aux premières loges de la Révolution, s'il est d'abord enthousiaste face aux idées qu'elle véhicule, il se voit ensuite effaré par sa violence. En 1791, un voyage de quelques mois en Amérique lui fait découvrir une nature et un peuple jusqu'alors inconnus, et marque profondément son esprit et ses écrits. Royaliste, il rentre en France à l'annonce de l'arrestation de Louis XVI (1754-1793) et rejoint l'armée des émigrés en Allemagne pour ensuite se réfugier à Londres suite à une grave blessure. Après la mort de sa mère et de sa sœur, il renoue avec la religion et, en 1802, rentre en France où il publie *Le Génie du christianisme*.

Ce vaste essai passionné, véritable éloge de la foi chrétienne, se détache clairement de l'esprit anticlérical de la Révolution. Chateaubriand entreprend d'y prouver l'existence de Dieu par la beauté du monde et, dans ce but, s'adonne à une description à la fois puissante et délicate de la nature, empreinte des émotions suscitées par la contemplation. Cet ouvrage marque le retour du sentiment religieux en France, autorisant en quelque sorte l'assouvissement d'un besoin de foi réprimé depuis de nombreuses années.

Le Génie du christianisme contient également deux épisodes publiés ensuite séparément : *Atala* (d'abord publié en 1801 dans *Les Natchez*, puis seul en 1805) et *René* (1802). Dans le premier, Chateaubriand dépeint l'amour de deux Indiens d'Amérique et fournit une réflexion sur l'interaction entre « sauvages » et Européens. Empreint d'exotisme, cet ouvrage est le lieu d'une description particulièrement détaillée des paysages et des mœurs. L'écrivain introduit ainsi en France le goût de l'exotisme qui inspirera tant les romantiques par la suite.

Girodet de Roussy-Trioson (Anne-Louis), *Atala au tombeau*, dit aussi *Les Funérailles d'Atala*, 1808, huile sur toile, 207 x 267 cm, Paris, musée du Louvre. Ce tableau représente l'Indien Chactas et le père Aubry en train d'enterrer Atala, un des épisodes les plus célèbres d'*Atala*.

Quant à *René*, un récit-confession dont le héros ressemble étrangement à son auteur, jusque dans le choix de son prénom, il dépeint les vicissitudes d'un adolescent et de sa sœur qui aspirent à l'inceste. Les promenades du jeune héros rappellent celles décrites par Rousseau, mais ici, le cadre est tourmenté et violent, car la nature est indissociable des sentiments du promeneur, en proie au désespoir, à l'ennui et au mal de vivre. Le réel semble incapable de rassasier la soif d'infini et de passion qui anime René, cette âme torturée qui n'est pas sans évoquer le jeune Werther de Goethe. C'est cette inclinaison de l'âme à la mélancolie que l'on nommera plus tard le mal du siècle. Chateaubriand entendait pourtant condamner dans son récit ce qu'il considérait comme d'« inutiles rêveries », mais les lecteurs n'en ont retenu que la sensibilité poétique. Constatant qu'on avait fait de son René le modèle du héros romantique, l'auteur déclara : « Si René n'existait pas, je ne l'écrirais plus ; s'il m'était possible de le détruire, je le détruirais : il a infesté l'esprit d'une partie de la jeunesse, effet que je n'avais pas pu prévoir, car j'avais au contraire voulu la corriger. » (CHATEAUBRIAND (François-René), *Mémoires d'outre-tombe*, Paris, Le Livre de poche, 2001, tome 1, livre 2, partie 2)

Enfin, avec ses *Mémoires d'outre-tombe* (1848-1850), Chateaubriand offre une vaste fresque de son époque avec, en son centre, lui-même, comme héros exemplaire. À mi-chemin entre mémoires et autobiographie, le récit entreprend de relater l'histoire générale au travers de l'histoire personnelle de son héros. Narré en « je » et construit autour d'une individualité, ce roman est le premier d'une longue série.

ALPHONSE DE LAMARTINE, LE DÉCLENCHEUR

Né à Mâcon en 1790, Alphonse de Lamartine grandit dans le petit village campagnard de Milly, dans un milieu aristocratique. Son éducation catholique fait naître en lui une grande ferveur religieuse et lui donne le goût de la lecture, qui l'amène à découvrir l'œuvre de

Chateaubriand. Durant le Premier Empire, auquel il est farouchement opposé, il reste isolé dans son village d'enfance. Seul un voyage en Italie, au cours duquel il s'éprend d'une jeune napolitaine, rompt la monotonie de sa retraite rurale. Mais, en 1814, à la chute de l'Empire, il s'engage auprès de Louis XVIII et s'installe à Paris pour y mener une carrière militaire de courte durée. Il rentre en effet à Milly dès 1815, même s'il fait par la suite de nombreux allers-retours entre la campagne et la capitale, où il mène une vie de libertin. L'année suivante, victime de troubles nerveux, il part se soigner à Aix-les-Bains, où il rencontre Julie Charles, avec laquelle il entame une relation passionnée bien que la jeune femme soit déjà engagée dans un mariage. L'idylle tourne au drame en 1817 lorsque son amante succombe à la tuberculose.

C'est suite à la souffrance provoquée par cet amour brisé qu'il compose *Les Méditations poétiques* (1820), son premier recueil de poésie. Inspirée par « les innombrables frissons de l'âme et de la nature », comme l'explique Lamartine lui-même dans sa préface, l'œuvre est considérée comme la première manifestation du lyrisme romantique en France et vaut à son auteur un immense succès qui le propulse instantanément sur le devant de la scène littéraire. Si l'auteur y livre ses états d'âme, il y exalte également la foi chrétienne, même si celle-ci n'est pas exempte de doutes et d'inquiétudes.

Sa nouvelle notoriété permet à Lamartine d'épouser Mary-Ann Byrch, une jeune Anglaise avec laquelle il aura une fille, Julia, et l'incite à poursuivre son œuvre. Nommé secrétaire d'ambassade à Florence en 1825, où il vit durant trois années, il y rédige *Les Harmonies poétiques et religieuses*, qui paraissent en 1830. Considéré comme son chef-d'œuvre, ce recueil exalte la nature et l'émotion religieuse tout en conservant le ton personnel des *Méditations*. Au départ catholique, le poète semble peu à peu se rapprocher d'une forme de déisme qui imprégnera les futures œuvres romantiques.

La même année, en 1830, la monarchie de Juillet remporte son approbation, mais son échec aux élections pour le poste de député le déçoit. En 1832, il entame alors un voyage en Orient dans le but de renforcer sa foi. C'est là qu'il apprend dans la douleur la mort de sa fille, qui sera le sujet principal de son récit autobiographie *Voyage en Orient* (1835). En 1833, il est élu député, un poste qu'il occupera jusqu'en 1851. Prônant une littérature sociale et fervent défenseur du libéralisme, il encourage la révolution de 1848, à la suite de laquelle il devient membre du gouvernement provisoire. Élu triomphalement à la Constituante, il essuie ensuite une cruelle débâcle lors de sa candidature aux présidentielles où il est battu par Louis-Napoléon Bonaparte. Lamartine, ruiné, se voit alors contraint d'écrire abondamment pour survivre, jusqu'à sa mort en 1869. Il aura accompli, par sa double carrière littéraire et politique, sa propre vision de la mission sociale du poète et aura été le premier à incarner l'image du poète-prophète développée plus tard par Victor Hugo.

VICTOR HUGO, LE MAÎTRE

Victor Hugo naît à Besançon en 1802, dans un foyer où règne la mésentente, entre une mère royaliste et un père engagé aux côtés de l'empereur. À 15 ans, après la séparation de ses parents, il entre en pension, où il compose ses premiers poèmes, qui lui rapportent plusieurs prix littéraires. Ambitieux, le jeune prodige veut être « Chateaubriand ou rien ». Il interrompt alors ses études pour se vouer entièrement à sa passion de l'écriture et publie son premier recueil de poésie, *Odes*, en 1821. Il fréquente à cette époque le salon de Charles Nodier, où il rencontre Vigny et Lamartine. L'année suivante, il épouse une amie d'enfance, Adèle Foucher (1803-1868), qui lui donnera cinq enfants.

Si la préface qu'il donne ultérieurement à ses *Odes* dessine déjà sa vision du poète en tant que prophète, qui inspirera toute l'école romantique, ce n'est qu'en 1827, avec la préface de *Cromwell*, qu'il s'affirme véritablement en tant que chef de file du mouvement romantique. Dans ce manifeste, il rejette la tradition classique et énonce les préceptes d'un art nouveau. Il fonde alors le Cénacle, un cercle littéraire militant où se réunissent des artistes comme Vigny, Dumas ou Balzac. En 1830, dans la préface d'*Hernani*, il déclare que « le romantisme n'est, à tout prendre, que le libéralisme en politique ». Cette affirmation laisse entrevoir les ambitions politiques d'Hugo, qui voit la littérature comme un lieu d'engagement.

Les années 1820-1830 sont particulièrement prolifiques : Hugo publie de nombreuses œuvres (romans, poésies, pièces de théâtre) et récolte tous les honneurs, se faisant même élire à l'Académie française en 1841. Mais ce triomphe s'achève deux ans plus tard, suite à l'échec de la pièce *Les Burgraves* (1843), qui marque un retour du classicisme au théâtre. En outre, la même année, un drame personnel bouleverse sa vie : sa fille aînée, Léopoldine (1824-1843), se noie en compagnie de son mari, laissant le poète inconsolable durant de nombreuses années.

À la même époque, il s'engage concrètement en politique et, après la révolution de 1848, devient maire de Paris, accomplissant ainsi sa vision du poète engagé. S'il soutient Louis-Napoléon Bonaparte à ses débuts, il se retourne soudainement contre le pouvoir, se rapprochant des idées de la gauche et plaidant pour une amélioration sociale. Lors du coup d'État de 1852, qui instaure le Second Empire, il pousse le peuple à se révolter et se voit dès lors contraint de quitter la France. Durant ces années d'exil, il publie *Les Châtiments* (1853), dans lesquels il laisse éclater sa haine de l'Empire et son amour de la liberté. Cette satire lui vaut d'être reconnu comme le chef spirituel de l'opposition. C'est également à cette période qu'il développe son goût pour l'occultisme, qui transparaît dans *Les Contemplations* (1856), un recueil de poèmes empreint de la tristesse qui ne l'a pas quitté depuis la disparition de Léopoldine.

En 1862 paraissent *Les Misérables*, un immense roman épique militant pour l'instruction, la justice sociale et la charité. De manière générale, les œuvres romanesques de Victor Hugo offrent de vastes fresques historiques mettant en scène les victimes de la société. Parmi les plus célèbres, citons entre autres *Notre-Dame de Paris* (1831) et *Quatre-vingt-treize* (1874).

Enfin, Hugo rentre en France en 1870, après l'effondrement du Second Empire. Écrivain populaire et idole de la gauche républicaine, il triomphe à la fois sur le plan littéraire et politique. Il est néanmoins déçu par la République et perd ses illusions, ce qui ne l'empêche pas de poursuivre sa carrière politique. Il est d'ailleurs élu député en 1876. À sa mort, en 1885, des funérailles nationales sont organisées, qui rassemblent une foule impressionnante au Panthéon.

ALFRED DE MUSSET, L'ENFANT TERRIBLE

Alfred de Musset naît en 1810 à Paris. Brillant élève, il s'adonne à l'écriture poétique dès l'âge de 14 ans. Après une adolescence dissipée, il s'intéresse entre autres au droit et à la médecine, mais il se sent destiné à une carrière littéraire. À 18 ans, il fréquente le Cénacle romantique et fait la rencontre de Nodier, Vigny et Hugo, dont il admire profondément l'œuvre. Sa vie est bouleversée lorsque la romancière George Sand (1804-1876), avec qui il a entamé une relation passionnée en 1833, le trahit avec son médecin. De ruptures en réconciliations, leur liaison tumultueuse plonge le poète dans une mélancolie qui ne le quittera plus.

Son premier recueil poétique, *Contes d'Espagne et d'Italie* (1830), est un véritable succès. De nature fougueuse, le jeune écrivain y exploite toute la veine romantique, mêlant exotisme et violence des passions. Il y laisse également entrevoir sa deuxième nature, impertinente et ironique, allant jusqu'à se moquer avec légèreté des excès de la nouvelle école romantique. Son œuvre lyrique révèle ainsi l'indépendance de ce poète qui, s'il s'inscrit dans le mouvement romantique, ne cache pas son admiration pour l'art classique et rejette la dimension politique de la littérature pour se concentrer sur le sentiment. Sa poésie est donc imprégnée de ses malheurs sentimentaux, comme en témoigne le cycle poétique des *Nuits* (1835-1837), dans lequel il se focalise sur l'émotion intime.

À côté de la poésie, il se lance aussi dans le théâtre et renouvelle le genre en publiant *Un Spectacle dans un fauteuil* (1832), une pièce exclusivement destinée à la lecture. Celle-ci est suivie par d'autres pièces publiées sous forme de livrets, par exemple *On ne badine pas avec l'amour* (1834), une comédie dans laquelle se mêlent émotion et fantaisie, reflétant à la fois la double personnalité de l'auteur et la volonté romantique de mélanger les registres tragique et comique. Son chef d'œuvre dramatique, *Lorenzaccio* (1834), présente quant à lui une vaste fresque historique de la Renaissance florentine et exorcise ses propres angoisses de déchéance en les infligeant à son héros. Sorte de nouveau Hamlet, Lorenzo, un jeune prince idéaliste qui tombe finalement dans la débauche, incarne la déception de la jeune génération française après l'échec de la révolution de 1830. Réflexion politique et morale, *Lorenzaccio* est considéré comme le drame romantique par excellence.

La relation de Musset avec George Sand sera la source d'une grande partie de sa production. Sa souffrance alimente son génie et débouche notamment sur l'écriture de *La Confession d'un enfant du siècle* (1836). Ce roman autobiographique qui analyse l'âme inquiète et tourmentée de son auteur semble représenter tous les écrivains en proie au mal du siècle. La trahison amoureuse vécue par le héros symbolise ainsi le sentiment de trahison ressenti par la génération de 1830, dont les espoirs révolutionnaires ont été anéantis suite à la mise en place de la monarchie de Juillet. Le cynisme qui s'en dégage se révèle être la manifestation d'une profonde mélancolie.

Affaibli par ses nombreux excès (alcoolisme, débauche, etc.), Musset se voit menacé par une maladie de cœur dès l'âge de 30 ans. Son inspiration poétique s'épuise et, s'il est nommé en 1852 à l'Académie française, il meurt toutefois dans l'anonymat en 1857.

RÉPERCUSSIONS

On considère que la période romantique prend fin avec la révolution de 1848, réprimée dans la violence, et l'instauration du Second Empire. Les idéaux romantiques s'effondrent et les écrivains de la génération suivante ne s'y retrouvent plus. L'histoire littéraire est toutefois profondément marquée du sceau romantique : les courants suivants se déploient soit en opposition directe au mouvement romantique soit sous son influence.

Ainsi, dans la deuxième moitié du XIXe siècle, le réalisme, lassé par les excès lyriques, entend revenir à une description objective du réel. On décèle toutefois l'influence du romantisme dans de nombreuses œuvres réalistes, notamment à travers l'importance accordée à la psychologie des personnages et à la description de la société. *La Comédie humaine* (1830-1856) de Balzac, considéré comme le chef de file du réalisme, emprunte en effet de nombreux traits caractéristiques du romantisme.

Plus tard, dans les années 1880, les auteurs symbolistes, victimes d'un malaise appelé le « *spleen* », sorte de mal du siècle poussé à son extrême, se réapproprient l'image du poète maudit. Aussi les thèmes romantiques du désespoir et de la déchéance refont-ils surface à la fin du XIXe siècle.

C'est principalement par ses thématiques et par la place laissée à la sensibilité que le romantisme imprègne encore les esprits depuis sa disparition. De nos jours, les thèmes romantiques sont toujours présents dans la littérature populaire et dans le cinéma. Le film *Into the wild* (2007), par exemple, qui a remporté un vif succès dans le monde entier, exploite la thématique du retrait solitaire du héros dans la nature afin d'échapper à une société qui ne répond plus à ses attentes. De manière générale, le héros romantique occupe le devant de la scène dans de nombreuses productions.

- Le romantisme voit le jour en Allemagne et en Angleterre à la fin du XVIIIᵉ siècle, puis se répand dans le reste de l'Europe au début du XIXᵉ siècle. En France, le mouvement connaît son apogée entre 1820 et 1848, et compte dans ses rangs des écrivains tels que Chateaubriand, Lamartine, Vigny, Hugo ou encore Musset.

- Dans tous les arts, le romantisme affiche une volonté de rupture vis-à-vis des règles classiques et de renouvellement des thèmes et des formes, loin du rationalisme du siècle des Lumières. En France, les écrivains romantiques, particulièrement marqués par l'échec de la Révolution, revendiquent la liberté non seulement sur le plan artistique, mais aussi sur le plan politique.

- S'inscrivant au cœur d'une période mouvementée, la jeunesse romantique souffre d'un sentiment de mélancolie baptisé « le mal du siècle ». Les héros romantiques sont torturés, fragiles, insatisfaits et peinent à trouver leur place dans la société. Ils se réfugient alors dans la nature, la spiritualité ou encore l'amour, des thèmes très prisés par la littérature romantique.

- Parallèlement, le romantisme se caractérise par l'affirmation de la subjectivité du poète, qui met en avant ses sentiments. En 1820, *Les Méditations poétiques* de Lamartine donnent un nouveau souffle au genre poétique, qui se prête particulièrement bien à l'exaltation du moi. De plus, les poètes acquièrent une mission sociale en tant que guide du peuple. Ils s'engagent dès lors en politique ou se placent comme médiateurs entre l'homme et Dieu.

- Mais le théâtre et le roman sont également touchés par la vague romantique. Le premier devient d'ailleurs le lieu d'un véritable combat entre les romantiques et les partisans de la tradition classique, notamment lors de la bataille d'Hernani. Victor Hugo se fait le porte-parole d'un nouveau genre : le drame romantique, qui met notamment à mal la règle des trois unités. Quant au roman, c'est dans ce genre que l'école romantique s'illustre avec le plus d'éclat. À côté des romans personnels, où l'accent est mis sur l'individu, les romans historiques connaissent un formidable succès.

POUR ALLER PLUS LOIN

SOURCES BIBLIOGRAPHIQUES

- ARON (Paul), SAINT-JACQUES (Denis) et VIALA (Alain), *Le Dictionnaire du littéraire*, Paris, PUF, 2002.
- BRIX (Michel), *Le Romantisme français : esthétique platonicienne et modernité littéraire*, Namur, Société des études classiques, 1999.
- CHATEAUBRIAND (François-René), *Mémoires d'outre-tombe*, Paris, Le Livre de poche, 2001.
- FORT (Sylvain), *Le Romantisme*, Paris, Flammarion, 2009.
- GAUTHIER (Théophile), *Histoire du romantisme. Quarante portraits romantiques*, Paris, Folio classique, 2011.
- LAGARDE (André) et MICHARD (Laurent), *Le XIXe siècle. Les grands auteurs français du programme*, Paris, Bordas, 1963.
- LAMARTINE (Alphonse de), *Méditations poétiques. Nouvelles Méditations poétiques*, Paris, Le Livre de poche, 2006.
- « Le romantisme en littérature », in *Larousse*, consulté le 01/11/2014. http://www.larousse.fr/encyclopedie/divers/le_romantisme_en_littérature/185879
- MUSSET (Alfred de), *La Confession d'un enfant du siècle*, Paris, GF-Flammarion, 2010.
- PEYRE (Henry), *Qu'est-ce que le romantisme ?*, Paris, PUF, 1971.
- VILLEMAIN (Abel-François), *M. de Chateaubriand : sa vie, ses écrits, son influence littéraire et politique sur son temps*, Paris, Levy, 1858.

SOURCES ICONOGRAPHIQUES

- DELACROIX (Eugène), *La Liberté guidant le peuple*, 1831, huile sur toile, 260 x 325 cm, Paris, musée du Louvre. La photo reproduite est réputée libre de droits.

- Géricault (Théodore), *Le Radeau de la Méduse*, 1819, huile sur toile, 491 x 716 cm, Paris, musée du Louvre. La photo reproduite est réputée libre de droits.
- Girodet de Roussy-Trioson (Anne-Louis), *Atala au tombeau*, dit aussi *Les Funérailles d'Atala*, 1808, huile sur toile, 207 x 267 cm, Paris, musée du Louvre. La photo reproduite est réputée libre de droits.

50MINUTES
Art & Littérature
Business & Econor
Histoire & Société
SOYEZ LÀ
OÙ ON NE VOUS ATTEND PAS !
www.50minutes.com

www.50minutes.com

Éditeur responsable : Lemaitre Publishing
Rue Lemaitre 6 | BE-5000 Namur
info@lemaitre-editions.com

ISBN ebook : 978-2-8062-6203-5
ISBN papier : 978-2-8062-6204-2
Dépôt légal : D/2015/12603/36
Photo de couverture : © *La Liberté guidant le peuple* (1831),
par Eugène Delacroix (détail).

Conception numérique : Primento,
le partenaire numérique des éditeurs